Mein Freund, der Dschihadist

Mein Dank gilt Frau Haylo Karres, die mir im Gefängnis ermöglichte, dieses Buch zu schreiben und anschließend zu veröffentlichen.

Furkan

# MEIN FREUND, DER DSCHIHADIST

**Knastgeschichten**

Bibliografische Information der Deutschen Nationalbibliothek:
Die Deutsche Nationalbibliothek verzeichnet diese Publikation in der Deutschen Nationalbibliografie; detaillierte bibliografische Daten sind im Internet über http://dnb.dnb.de abrufbar.

© 2017 Furkan
Umschlaggestaltung, Herstellung und Verlag:
BoD - Books on Demand

ISBN: 978-3-7431-5909-9

Inhaltsangabe

1. Mein Freund, der Dschihadist     6–12
2. Meine Kindheit     13-18
3. Schulanfang     19-21
4. Jugend     22-24
5. Meine erste Freundin     25-34
6. Heimaufenthalte     35-44
7. Jugendarrest     45-50
8. Verhandlung     51-60
9. Zweiter Jugendarrest     61-68
10. In Freiheit     69-71
11. Die Scheiße fängt von vorne an 72-76
12. Hoffnung     77-78

## 1.
## Mein Freund, der Dschihadist

Ich erinnere mich heute noch genau an den Tag, an dem alles anfing. Ich war schon einschlägig vorbestraft, und da kam eines Tages ein junger Mann auf mich zu und begann mit mir zu sprechen. Wir rauchten zusammen eine Zigarette nach der anderen, und er fragte mich: „Bist du Moslem?"
„Ja, bin ich", antwortete ich ihm, „aber in Deutschland geboren." Es war ein kurzes Gespräch, doch ich wusste, dass ich diesen Jungen wiedersehen würde, und hätte nie damit gerechnet, was danach noch alles auf mich zukommen sollte.
Zwei Wochen später, als ich in Limburg unterwegs war, da sah ich ihn wieder. Wir begrüßten uns und er fragte mich: „Furkan, willst du für unsere Religion kämpfen?" „Wieso?", fragte ich erstaunt.
„Sieh dir doch nur die ganzen Leute mal genauer an", bat er mich. „Die sind alle ausländerfeindlich, und wenn wir dagegen demonstrieren", behauptete er, „dann werden die schon ihre Klappe halten."
„Ich denke nicht", erwiderte ich skeptisch, „dass sie ihre Klappe halten werden."

„Dann müssen wir die Waffen in die Hand nehmen und uns so bemerkbar machen", behauptete er. „Allah ist groß und er verdient es, nicht beleidigt zu werden."
Ich gab ihm Recht, und so ging ich mit ihm. Wir erreichten seine Wohnung, die in der Nähe der Stadt lag. Als wir die Wohnung betraten, saßen dort drei meiner engsten Freunde auf der Couch. Taram, dem die Wohnung gehörte und der mich mitgenommen hatte, obwohl wir uns fast gar nicht kannten, fragte: „Willst du was trinken?" Er ging an den Kühlschrank, wobei ich gar nicht antworten konnte, weil ich viel zu sehr damit beschäftigt war, mir die Wohnung von Kopf bis Fuß anzusehen. Meine drei engsten Freunde, Mustafa, Ahmet und Kahn, die auch erst fünfzehn Jahre alt waren, sagten: „Setz dich endlich hin und trink was. Entspann dich. Hier ist die Zentrale der Gotteskrieger." Ich dachte nur: „Oh mein Gott, die meinen das ja ernst." Darauf ich antwortete: „Ey Leute, jetzt mal ganz ehrlich, glaubt ihr denn wirklich an den Scheiß, was die uns versuchen einzutrichtern?" Danach drehte ich mich um und wollte gehen.
„Bevor du gehst", meldete sich Mustafa, „höre uns vorher zu. Und wenn du danach der Meinung bist, dass das hier alles Quatsch ist, was wir erzählen, dann kannst du gehen."

„Okay", dachte ich und bin geblieben.
Darauf begrüßte Taram mit einem Gebet die Runde. Nach dem Gebet wurde über die Ungläubigen gelästert, oder sie erschufen puren Hass, indem sie ihre eigenen Reden für Demonstrationen schrieben.
Im Nachhinein kann ich bis heute nicht erklären, warum ich in dieser Wohnung geblieben bin. Wobei ich in manchen ihrer Reden ihrer Meinung war.
Nach ein paar Wochen verkündeten Taram und Kahn: „Wir gehen heute auf eine Demonstration."
Ich schloss mich ihnen an und musste feststellen, dass es dort nur um die Religion ging. Wenn ich heute daran denke, finde ich es einfach nur abscheulich, dass ich einmal an so etwas teilgenommen habe. Na ja, wie sagt man so schön? Hinterher ist man immer schlauer.
Als wir in der Frankfurter Innenstadt ankamen, sah man bereits von Weitem die ganzen Moslems, die sich Gotteskrieger nannten, so auch der bekannte Dschihadist und ehemaliger Rapper Deso Doc, der im normalen Leben Dennis Kussbart heißt. Ich war fasziniert von ihm, weil ich mir seine Musik rauf und runter reinzog. Ich habe ihn mir schon vor dieser Begegnung zum Vorbild genommen, weil er einfach gute Mucke machte. Ich sprach mit ihm,

wobei er schnell fort musste, zu einer anderen Demo, dabei gab er mir zum Abschied seine Handynummer, damit ich ihn anrufen konnte, um weitere Sachen zu klären, wenn ich ein Gotteskrieger werden wolle.
Wir standen an der Konstablerwache und es war eine Menge los. Jeder rief: „Allah ist groß!", und schwenkte die Flagge vom Islamischen Staat. Ich war fassungslos. Eben hatte ich noch meinen Rapper gesehen, den ich über alles liebte und verehrte, und jetzt schwang ich selbst die Fahne des Dschihad hin und her. Irgendwann kamen ein paar Neonazis vorbei, die „Verpisst euch!" riefen. „Ihr könnt froh sein, dass ihr nicht damals geboren wurdet, sonst wärt ihr alle vergast worden!" Darauf gingen wir alle auf sie los und bewarfen sie mit Flaschen und Steinen. Als dann die Polizei kam, verhaftete sie uns alle. Wir erhielten eine Anzeige wegen dem Tragen von verfassungswidriger Organisationen.
Geschockt von diesem Erlebnis habe ich mich dann von all dem abgewandt, wurde jedoch vom Hessischen Landeskriminalamt auf einer Liste als Dschihadist verewigt und sollte danach streng überwacht werden. Heute jedoch, wenn ich darüber nachdenke und mir vorstelle, dass wenn ich dabeigeblieben wäre, dann wäre ich jetzt ein Dschihadist, oder? Vielleicht auch

auf dem Schlachtfeld gestorben. Das Thema bei der ganzen Sache ist doch sehr einfach. Ich habe denen alles geglaubt, was die mir versucht haben einzutrichtern, und das können diese Leute sehr, sehr gut.

Nun bin ich dabei, im Gefängnis ein Buch zu schreiben, und in der Erinnerung muss ich sagen, dass ich damals dachte, dass eigentlich alles das mit den Dschihadisten meine Privatsache wäre. Aber das war falsch gedacht. Ich bin einfach nur ein Krimineller, der jetzt gerne was von seinem Leben preisgibt, damit andere was davon lernen können, damit Jugendliche zukünftig nicht den gleichen Fehler wie ich begehen. Dabei hoffe ich sehr, dass auch Eltern mein Buch lesen, um zu sehen, wie es bei mir anfing, damit sie ihre Kinder besser schützen können.

Es fing bei mir alles sehr langsam an, somit sollten die Eltern die Veränderung ihres Kindes früh erkennen.

Die Dschihadistenszene habe ich auch für meinen Vater geschrieben. Ich habe nicht viel Kontakt zu ihm gehabt, und es hätte ja sein können, dass das Verhältnis zu meinem Vater besser gelaufen wäre, wenn ich zu ihm gesagt hätte: „Vater, ich bin Moslem, und dazu noch radikal." Vielleicht hätte er mich auch links liegen lassen, wie immer, und es hätte nichts an unserm Verhältnis geändert. Wobei er manchmal auch stolz auf mich war, wenn wir gemeinsam zur Moschee gingen und er mir das Beten beibrachte. Mir gefiel schon immer diese Religion. Dieses Beten ist einfach, muss ich zu meiner Entschuldigung sagen. In der christlichen Kirche, na ja, meine Mutter ist auch nicht jeden Sonntag in die Kirche gegangen, wobei meine Mutter sehr ergreifend den Glauben zelebrieren kann, und das akzeptierte ich. Die ganze Dschihadistenszene konnte ich, so weit, so gut, von meiner Familie fernhalten, wobei meine Familie auch nie etwas gemerkt hat, wenn ich mit dem Hund rausging, um mich heimlich mit den Glaubensbrüdern zu treffen. Da sprachen wir über mögliche Gefahren von den Nazis, der Polizei, dem LKA oder dem Bundesverfassungsschutz. Was ich bis heute komisch finde ist, dass ich eigentlich vom LKA als Dschihadist gelistet und daher streng überwacht werden müsste, was eben nicht passiert ist, daher ich mich auch nicht wundere, dass es jetzt so viele Anschläge gibt. Wir hätten strenger überwacht werden müssen, finde ich. Wobei ich im Nachhinein beim Schreiben feststellen muss, dass ich mich hasse, überhaupt daran teilgenommen zu haben. Ich dachte mir damals, dass wir einfach unsere Landsleute und unsere Religion schützen müssten. Heute schäme ich mich dafür, wenn ich höre, was das für Ausmaße angenommen hat. Jetzt werden schon Waffen in unsere Städte gebracht und Bomben gebaut. Heute bin ich einfach nur froh, dass ich frühzeitig ausgestiegen bin. Dschihadisten sollte man meiden. Sie sind ernst zu nehmen, wenn sie anfangen, über andere Religionen zu lästern. Am besten, Sie entfernen sich von dieser Person und denken sich: „Was für ein Arsch!" Und Leute, die sich die Videos der Dschihadisten im Internet anschauen, bitte glaubt ihnen nicht alles, was sie euch da sagen. Es ist alles nur Show. Aber wenn ich zurückschaue und sehe, wie auch ich auf deren Masche mit meinen fünfzehn Jahren, reingefallen bin, kann ich nur den Kopf schütteln und bin heute stolz auf mich, dass ich nicht weiter gegangen bin.

## 2.
## Meine Kindheit

Ich wurde am 02.05.1996 in Hadamar geboren, das in Hessen liegt, und zwar in der Nähe von Limburg. Wobei ich mit meiner Mutter und meiner Schwester, ohne Vater, aufgewachsen bin, da meine Eltern vor meiner Geburt sich scheiden ließen, was ich sehr anstrengend fand, mit nur einem Elternteil aufzuwachsen. Ich hätte meinen Vater sehr oft gebrauchen können. Aber da ich noch klein war, konnte ich doch nicht einfach sagen: „Hey, ich möchte meinen Vater, und zwar jetzt und sofort."
Als ich anfing, dieses Buch zu schreiben, habe ich sehr lange überlegt, wie ich ihnen meine Kindheit am besten beschreiben kann. Die Antwort lag auf der Hand. Sie war schwierig. Wenn ich und meine Schwester Blödsinn machten, wurden wir von unserer Mutter bestraft. Da gab es eins auf den Arsch.
Wie gesagt, war unsere Mutter von unserem Vater geschieden, aber sie besaß einen Freund, der aus der heutigen Sicht nur das eine wollte, aber das sagte ich natürlich meiner Mutter nicht. Meine Mutter besaß nicht nur einen Freund, sondern auch eine Freundin, die gleich

ein Stockwerk über uns wohnte. Sie hieß Jana. Eine sehr nette Person. Diese Freundin besaß auch einen Sohn, der Jan hieß und ein guter Freund von mir wurde. Wir haben immer sehr viel zusammen gespielt, und damals war es nicht so wie heute, dass man nicht mit Mädchen spielt. Meine Schwester wurde oft in unser Spiel einbezogen, und ich muss ehrlich sagen, es hat damals auch Spaß gemacht, mit Mädchen zu spielen. Das kann man sich heute kaum noch vorstellen, da heute jeder von uns sein eigenes Ding macht. Diese Zeit in meinem Leben war einfach nur schön. Ich ging damals auch in einen Kindergarten. Doch als ich damit fertig wurde und ich sozusagen gehen musste, da ich bereits das fünfte Lebensjahr erreicht hatte, meldete mich meine Mutter in einer Vorschule an. Ich war nicht begeistert, den Kindergarten verlassen zu müssen. Die Erwachsenen sagten mir jedoch, dies sei gesetzlich so geregelt.
Als ich das erste Mal einen Klassenraum betrat, habe ich mich sehr unwohl gefühlt. Ich benötigte überall Hilfe, in jedem Fach, das Sie sich nur vorstellen können. Damit habe ich die erste Schulzeit gut hinter mich gebracht.
Mit der Zeit lernte ich zwei Jungs besser kennen, die mit mir in eine Klasse gingen, Manuel und Elviee. Sie wurden meine besten Freunde.

Oft gingen wir zu mir nach Hause und manchmal auch zu Manuel oder zu Elviee. Es war eine coole Zeit.
Manchmal haben wir auch mal mit dem Sohn von Jana gespielt, der viele Konsolen besaß und noch viel mehr, was ich heute nicht mehr zusammenbekomme. Sorry.
Eines Tages sind meine Schwester, meine Mutter und ich zu meinem Freund Elviee gegangen. Es war ein ganz normaler Tag, denkt sich jetzt bestimmt jeder, doch der Tag sollte eine schlimme Wendung in meinem Leben herbeiführen.
Als wir bei Elviee ankamen, saßen anschließend die Eltern von uns im Haus und unterhielten sich. Wir Kinder wollten spielen gehen und entschieden uns, Verstecken zu spielen, so dass ich Elviee folgte, um ihn nicht zu verlieren. Er ging in den Garten vom Nachbarn, um sich dort in einem Gebüsch zu verstecken. In meinem Ehrgeiz, bei diesem Spiel nicht gefunden zu werden, folgte ich ihm in Nachbars Garten und versteckte mich genau da, wo Elviee stand. Wir kicherten kurz und wurden wieder leise, da wir nicht erwischt werden wollten, als auf einmal eine schwarze Gestalt auftauchte und etwas nach mir und Elviee warf. Darauf wir so schnell wir konnten zurück ins Haus liefen. Dort bemerkte ich, dass

ich auf dem Boden eine Spur von Blut hinterließ. Als wir dann bei unseren Eltern erschienen, erschraken diese und fragten uns, was denn passiert sei.

Da erzählten wir ihnen alles. Darauf meine Mutter meinen Vater anrief, der sofort zu uns kam. Da habe ich das erste Mal meinen Vater zu Gesicht bekommen. Er hörte sich kurz an, was passiert war, und als meine Mutter nur den Namen des Nachbarn in den Mund nahm, ging mein Vater bereits zur Tür hinaus. Meine Mutter schrie ihm noch hinterher: „Was willst du denn mit dem machen? Die Polizei kommt doch gleich!"

Ich war immer noch zu klein, um überhaupt zu begreifen, was da abging. Meine Verletzung lag an der linken Augenbraue, die wie verrückt blutete, und mir lief das Blut die Wange hinunter.

Als mein Vater bei dem Nachbarn angekommen war, stellte er diesen zur Rede.

„Ihr Dreckskind läuft in meinem Garten herum, und das soll ich mir gefallen lassen? Da bekommt er es halt auf die harte Tour zu spüren", antwortete der Nachbar aggressiv und stellte fest und rechtfertigte sich: „Das ist nicht richtig, sich in fremden Gärten aufzuhalten."

Mein Vater zögerte nicht lange und haute ihm eins auf die Birne. Als er danach zurück zu mir und meiner Mutter kam, fuhren wir gleich Richtung Krankenhaus. Dort angekommen, mussten wir lange warten, bis uns endlich jemand sagte: „Okay, Furkan, du bist jetzt dran." Irgendwann erschien auch ein Arzt, der uns mitnahm. Im Arztraum schaute er sich die Wunde genau an. Er war ein Profi, wenn Sie mich fragen. Er desinfizierte die Wunde und teilte uns dann mit, dass ich viel Glück gehabt habe, denn wenn die Wunde fünf Zentimeter tiefer gewesen wäre, ich jetzt auf dem linken Auge blind geworden wäre.

Als wir später auf dem Weg zum Auto waren, hatten meine Eltern nichts Besseres zu tun, als sich gegenseitig die Schuld zu geben oder, besser gesagt, sich in die Schuhe zu schieben, bis ich irgendwann die Schnauze so gestrichen voll hatte und mit einem etwas lauteren Ton sagte: „Ich habe jetzt Hunger." Danach hörten die beiden auf zu streiten.

Als ich dann mit meiner Mutter zu Hause ankam, war meine Schwester noch bei einer Freundin, und ich so k. o., dass ich sofort ins Bett gefallen bin.

Am nächsten Tag, als ich aufwachte, wollte ich zu meinen Freunden, damit ich ihnen die coole Narbe zeigen konnte, da sagte mir meine Schwester, dass wir in ein paar Wochen umziehen werden. Unsere Mutter habe ihr das so erzählt. Darauf ich fragte: „Wohin denn?", und sie antwortete: „Nach Hadamar." Bis dahin wusste ich nicht einmal, dass es überhaupt eine Stadt namens Hadamar gab. Als ich meine Mutter zur Rede stellte und fragte: „Warum müssen wir ausgerechnet jetzt umziehen? Wir haben doch unsere ganzen Freunde in Obertriefenbach", half es nicht. Selbst die Überredungskunst von mir und meiner Schwester zusammen waren umsonst. „Also dann, auf geht's nach Hadamar", dachte ich enttäuscht. Dabei sollte mein größtes Problem noch kommen, und zwar, wie ich das meinen Freunden beibringen sollte. Das fiel mir so schwer, dass ich nach ein paar Verabschiedungen doch sehr traurig wurde. Bei Elviee, meinem besten Freund, fiel mir der Abschied am schwersten, daher ich meine Mutter zur Verabschiedung mitnahm, auch weil Elviees Mutter ihre beste Freundin war. Und als wir bei Elviee ankamen, stand die Wohnungstür offen. Sie waren nicht mehr da. Bis heute wissen wir nicht, was mit Elviees Familie passiert ist. Wurden sie vielleicht aus Deutschland ausgewiesen? Oder war es etwas anderes? Wir rätseln bis heute herum, was mit dieser Familie passiert sein könnte, dass sie sich nicht einmal von uns verabschiedet haben.

## 3.
**Schulanfang**

Irgendwann sind wir dann nach Hadamar gezogen. Sehr begeistert war keiner von uns.
Endlich wurde ich sechs Jahre alt und damit eingeschult. Die Grundschule in Hadamar war sehr schön und ich fand dort auch schnell viele neue Freunde. Die besten Freunde waren Murat und Göhkan. Wir spielten sehr viel zusammen, wobei ich ein paar Probleme in der Schule mit den Lehrern bekam, da ich nicht so gut wie die anderen war, und weil ich mich deswegen schämte, habe ich mich nicht gemeldet, um nach Nachhilfeunterricht zu bitten. Na ja, irgendwann war halt der Zug wohl abgefahren. Als ich in die 3. Klasse kam, stand ich total auf einem Mädchen. Sie hieß Christine, und als ich ihr einen Liebesbrief schrieb, kam sie in der zweiten großen Pause zu mir und sagte: „Furkan, ich liebe dich auch und möchte gerne mit dir zusammen sein." In dem Moment war ich einfach nur glücklich. Jetzt könnte ich behaupten, okay, dass dies meine allererste Freundin gewesen wäre, aber sie hatte mich nur verarscht, deswegen sagen wir einfach mal, ich besaß noch immer keine Freundin. Was heute dieses Mädchen macht, weiß ich

nicht. Ist mir auch egal.

Na ja, die dritte Klasse habe ich noch mit Erfolg abgeschlossen und ab diesem Zeitpunkt ist die Kehrseite in mein Leben eingekehrt. Auf Grund meiner Leistungsschwächen musste ich die 4. Klasse wiederholen und ab da wurde ich nur noch gemobbt. Selbst von meinen Freunden Murat und Göhkan. Noch heute weiß ich nicht warum. Nur ein Beispiel von vielen: Als wir eines Tages von der ersten großen Pause ins Klassenzimmer zurückgingen, sagte ich zu Murat: „Hey, du hast mir doch versprochen, dass ich von deinen Hausaufgaben abschreiben darf." Darauf der völlig ausrastete und nach mir trat, anschließend warf er mich zu Boden, wobei auch Göhkan sich an dieser Attacke auf mich beteiligte. Ich verstand die Welt nicht mehr. Dabei habe ich versucht, meine wichtigen Körperteile zu schützen. Na ja, wie kann ich Ihnen das beschreiben, wenn man auf dem Boden liegt und sich von einer Seite zur anderen wälzt, damit man so wenig wie möglich abbekommt? Wobei ich bei einem der Angreifer sicher war, dass er ein paar blaue Flecken mit nach Hause genommen hat.

Irgendwann kam dann auch mal ein Lehrer vorbei und erwischte uns genau in dem Moment, als ich wieder aufgestanden war. „Im-

mer wieder bist du, Furkan, beteiligt, wenn es Ärger gibt", stellte er fest. Als ich sagte, dass ich nichts gemacht hätte, glaube er mir nicht. So wurde ich vom Opfer zum Täter. Ich verstand die Welt nicht mehr.
Als ich später nach Hause ging, staute sich bei mir der Hass auf und ich dachte nur noch an Rache. Dabei stellte ich mir ein Ultimatum, dass ich ab sofort mir nichts mehr gefallen lassen würde von Leuten, die mich dumm anmachten. Auch meine eigene Familie schloss ich damit ein, da diese mir gleichgültig wurde, da mir niemand von ihnen in dieser schweren Zeit half. Um mich für alle Fälle vorzubereiten, fing ich an, auf dem Bürgersteig vor unserem Haus das breite Laufen zu üben. Dabei wurde ich von einem Nachbarn beobachtet, der mich daraufhin fragte, warum ich das breite Laufen üben würde. Ich antwortete: „Damit ich Leute, die frech zu mir sind oder mich angreifen, fortwichse." Darauf er lachend antwortete: „Dann musst du nicht nur das breite Laufen, sondern auch das Schattenboxen üben", was ich dann auch tat.

## 4.
**Jugend**

Irgendwann habe ich dann auch die 4. Klasse geschafft und danach ging es auf die Gesamtschule. In dieser Zeit war ich jeden Tag mit dem Schattenboxen beschäftigt, so dass ich die Schule anfing zu vernachlässigen. Auch dachte ich, dass jeder dafür Verständnis haben würde, wenn ich durch das Erlebte mich zukünftig schützen möchte. Das Schattenboxen erinnerte mich zusätzlich an das Erlebte, so dass mein Hass immer größer wurde, und als ich meinen ersten Schultag in dieser großen Schule besuchte, wusste ich genau, dass sie es wieder versuchen würden, mich fertigzumachen oder zu mobben.

Meine Mutter brachte mich am ersten Tag zur Schule, was für mich schon etwas peinlich war. Aber egal. Sie ist meine Mutter und die meint es bestimmt gut mit mir.

Als meine Mutter dann irgendwann endlich die Schule verließ, kamen drei Schüler auf mich zu, die über beide Backen grinsten, dass ich es von Weitem sehen konnte. Sie sprachen mich nicht an, schauten jedoch immer nur in meine Richtung.

„Was ist los, ihr Pisser?", fragte ich, wobei mir

die Knie zitterten und ein Kloß im Hals hing. Ich dachte nur: „Augen zu und durch." Als der Erste sich umdrehte, schlug ich ihm mit meiner rechten Faust so hart ins Gesicht, dass er zu Boden ging und dort liegen blieb. Seine Freunde lachten auf einmal nicht mehr. Ihre Angst konnte ich spüren, so dass ich auf einmal ein Selbstbewusstsein bekam, dass ich hätte fliegen können.

Irgendwann kam ein Mann auf mich zu und fragte mich, was die ganze Sache denn hier solle. Darauf ich ihm frech antwortete: „Das sehen Sie doch. Die Wichser waren frech, also sind sie selbst daran schuld." Wobei ich in dem Moment nicht wusste, dass es sich bei dem Mann um den Schulleiter handelte.

Zu diesem Zeitpunkt war ich acht Jahre alt und musste anschließend mit ihm ins Büro. Er rief meine Mutter an, die natürlich nicht sehr begeistert darüber war, dass ich gleich am ersten Tag so Gas gegeben habe. Na ja, was soll ich sagen, das war mir aber in diesem Moment relativ egal. Danach verlangte der Schulleiter, ich solle mich bei diesen Jungs entschuldigen, was ich abgelehnt habe und ihm antwortete: „Das werde ich auf gar keinen Fall tun." Darauf er sagte: „Okay, du lässt mir keine andere Wahl. Daher muss ich dich jetzt von der Schule verweisen und auf eine andere Schule schicken."

„Mach doch, was du willst, du Penner", antwortete ich ihm und bin gegangen. Meine Mutter war außer sich vor Wut, was mir damals einigermaßen egal war, da ich meinte, jetzt endlich meinen Weg gefunden zu haben.

## 5.
## Meine erste Freundin

In diesem Kapitel möchte ich Ihnen meine allererste Freundin vorstellen. Sie hieß Saskia und ich weiß alles noch ganz genau, als ich sie das erste Mal traf. Sie war wunderschön. Ich war mit ein paar alten Freunden im Schwimmbad, da traf ich sie das erste Mal. Sie stand am Kiosk und war so hübsch in ihrem Bikini, dass ich mich mit meinen vierzehn Jahren das erste Mal verliebte. Wir warteten beide in der Schlange und kamen ins Gespräch. Ich fragte sie, was denn ein so hübsches Mädchen wie sie so allein kaufen wolle. Sie grinste über beide Backen und antwortete, dass sie sich und ihren Freundinnen was zu trinken kaufen wolle. So erfuhr ich, dass sie nicht allein im Schwimmbad war, sondern noch Freundinnen dabei hatte.
„Das finde ich cool", antwortete ich. „Auch ich bin mit Freunden hier und wenn du möchtest, können wir uns doch zu deiner Clique setzen", und schob noch vorsorglich nach: „Aber nur, wenn du möchtest." Darüber lachte sie und antwortete: „Warum denn nicht? Es ist eh die ganze Zeit nichts los bei uns."
Danach kaufte ich für meine Jungs am Kiosk

alkoholische Getränke. Zurück bei meinen Freunden teilte ich ihnen mit: „Hey Jungs, ein Platzwechsel ist angesagt. Wir setzen uns jetzt zu den Mädchen, die ein paar Meter weiter liegen." Meine Jungs waren natürlich sofort dabei, wobei ich ihnen noch mitteilte, dass ich Saskia echt toll finde und dass sie sich von ihr fernzuhalten hätten. Als wir beim Platz der Mädchen ankamen, begrüßten sich alle mit einem Backenkuss, wobei ich nur Augen für Saskia hatte. Natürlich war ich sehr schüchtern, da ich noch keine Erfahrung mit Mädchen besaß. Ich ließ es mir aber nicht anmerken und stellte das Bier ab, das ich gerade beim Kiosk geholt hatte, und jeder nahm sich was davon. Danach hatten wir eine Menge Spaß miteinander. Ich saß neben Saskia und wir unterhielten uns, bis sie mich fragte: „Hey, Furkan, du bist voll der hübsche Junge. Woher kommst du eigentlich?"
„Ich wohne in Hadamar", antwortete ich.
„Ach, echt?", bemerkte sie begeistert. „Und ich wohne in Limburg." Dabei brachte mich ihr Lachen und ihre Art fast um den Verstand. Ich hatte nur noch Augen für sie. Ihr langes blondes Haar, ihr unwiderstehlicher Körper, sie sah einfach nur geil aus. Als ich sie fragte, ob ich sie nach Hause bringen darf, da keiner von uns noch schwimmen wolle, grinste sie

und fragte: „Was hast du vor?" Darauf ich antwortete: „Ich möchte dich nur nach Hause bringen. Du musst mich verstehen", bat ich. „Ein so hübsches Mädchen wie du muss nach Hause begleitet werden, damit dir nichts geschieht."

Darauf sie wieder lachte und bemerkte: „Du bist voll süß."

Auf dem Heimweg fragte ich schüchtern: „Hoffentlich sieht man sich wieder." Sie küsste mich auf den Mund und verschwand hinter der Haustür.

An diesem Tag war ich so glücklich, dass ich vergaß, sie nach ihrer Handynummer zu fragen, und wurde, als ich das feststellte, direkt sauer auf mich.

Bei mir zu Hause, fragte mich meine Mutter, was los sei, da ich beim gemeinsamen Fernsehabend über beide Backen grinste.

„Mama", antwortete ich, „ich habe einfach nur gute Laune."

Misstrauisch beäugte sie mich, hakte jedoch nicht nach.

Am nächsten Morgen musste ich zu einer neuen Schule, da ich ja von der anderen Schule geschmissen wurde. Na ja, ich muss Ihnen ehrlich sagen, viel Bock hatte ich nicht auf diese neue Schule. Wobei ich so ehrlich zu mir selbst war, mir einzugestehen, dass ich es mir ja selbst eingebrockt hatte.

Als ich dann auf dem Weg zur Bushaltestelle war, weil die Schüler dieser neuen Schule nicht von einem privaten Fahrdienst abgeholt wurden, bekam ich eine SMS auf mein Handy, die augenscheinlich nicht wichtig war. Beim genaueren Hinsehen stellte ich jedoch fest, dass die Nachricht von Saskia kam. Darauf ich noch an der Bushaltestelle zu tanzen anfing und es mir völlig egal war, was die Leute über mich dachten. Sie schrieb mir: „Hey Furkan. Denkst du, ich habe dich vergessen? Alles, was ich gestern zu dir gesagt habe, das habe ich ernst gemeint. Ich will dich auf jeden Fall wiedersehen."

Darauf ich zurückschrieb: „Woher hast du denn meine Handynummer? Als du fort warst, war ich darüber sehr enttäuscht, dass ich dich nicht nach deiner gefragt habe."

„Komm zu mir nach Hause, dann sage ich es dir", antwortete sie.

„Saskia, ich muss zur Schule. Das geht jetzt leider nicht", schrieb ich zurück.

„Schade", antwortete sie. „Komm trotzdem schnell vorbei, danach kannst du noch immer zur Schule gehen. Meine Eltern sind jetzt arbeiten", erklärte sie mir.

Darauf ich zusagte, und als ich vor ihrer Haus-

tür stand, haben meine Knie ganz schön gezittert.
Als sie dann, nach dem Klingeln, die Tür öffnete, musste ich erst mal verdauen, was ich da sah. Sie stand an der Tür angelehnt und hatte nur sehr wenig an.
„Wow", bekam ich nur heraus. Es war das erste Mal, dass ich eine Frau so leicht bekleidet sah.
Wir gingen ins Haus und ich war sehr aufgeregt. Dort fragte ich sie: „Hast du schon mal so was gemacht?"
„Nein", antwortete sie, „das ist für mich auch das erste Mal, und ich denke einfach, dass du der Richtige bist."
Ich fühlte mich in dem Moment sehr geehrt, als sie mich auf einmal küsste. Ich dachte: „Oh mein Gott, jetzt geht es los!!!"
Ich stellte mich ganz schön ungeschickt an. Wobei ich bemerkte, dass es auch für sie das erste Mal gewesen sein muss. Da kann man viel falsch machen, wobei ich das zu diesem Zeitpunkt noch nicht wusste.
Als wir fertig waren, war ich erstens keine Jungfrau mehr und hatte eine Freundin, die es auch ernst mit mir meinte.
Ich schlüpfte ganz schnell in meine Schuhe und machte mich auf den Weg zu meiner Schule. Dort wurde ich bereits von einem Leh-

rer erwartet, wobei das Erlebte einfach nur gute Laune machte. Wie kann ich Ihnen dieses Gefühl beschreiben? Es kribbelte im ganzen Körper. Einfach nur ein wunderschönes Gefühl, wobei ich schnell merkte, dass Saskia ein kleines Problem mit dem Alkohol hatte und sich mit Selbstmordgedanken trug. Sie erzählte mir, dass immer, wenn sie betrunken sei, sie sich umbringen wolle. Das erste Mal habe sie es bei einer Freundin versucht. Ich wusste nicht, wie ich damit umgehen sollte, als sie mir das erzählte, und kam zu dem Schluss: „Ach, sie ist ja nur betrunken."

Ein Jahr waren wir zusammen, und als ich fünfzehn Jahre alt wurde, ging ich mit ein paar Freunden einen trinken. Zu der Zeit war ich sehr froh, so coole Freunde zu haben. Sie hörten mir zu und bauten mich auch sehr oft auf. Als wir in der Stadt Limburg unterwegs waren, um meinen fünfzehnten Geburtstag zu feiern, klingelte mein Handy. Es war Saskia, die wissen wollte, was so läuft.

„Schatz", sagte ich zu ihr, „ich bin mit ein paar Freunden unterwegs."

Darauf sie bat: „Komm doch jetzt zu mir. Ich möchte dir dein Geburtstagsgeschenk geben."

Darauf ich antwortete: „Schatz, ich komme gleich. Ich bleibe noch ein bisschen bei meinen Freunden, dann komme ich zu dir. Okay?"

Sie war von diesem Vorschlag nicht begeistert, sicherte mir aber zu, auf mich zu warten.

In diesem Moment war ich sehr glücklich, weil in meinem Leben alles so gut lief. Ich besaß eine hübsche Freundin, die mich liebte, und ich hatte Freunde, die bedingungslos hinter mir standen. Ich dachte mir: Was willst du mehr?

Meine Freunde und ich rauchten noch zwei Joints und tranken ein bisschen Alkohol, bis ich mich irgendwann auf den Weg zu meiner Freundin machte. Ich freute mich auf die Überraschung und fragte mich, was Saskia mir wohl zum Geburtstag schenken würde. Aufgeregt, auf dem Weg zu ihr, versuchte ich Saskia noch einmal anzurufen, doch sie ging nicht an ihr Handy, was ich sehr komisch fand, weil sie wissen musste, dass ich ein echter Sicherheitsfreak bin.

Als ich kurz vor ihrer Straße einbog, sah ich schon eine Menge Blaulicht. Ich dachte mir nichts dabei, doch als ich kurz vor ihrem Haus angelangt war, da sah ich den Notarzt, Krankenwagen und Polizei, das ganze Kommando, wie sie zur Haustür meiner Freundin Saskia liefen. Schockiert fragte ich mich, was hier wohl passiert sei, dabei rannte ich los und schrie ihren Namen, als mich zwei Polizeibeamte an der Tür abfingen.

„Moment, Kleiner", sagten sie zu mir, „du darfst hier leider nicht rein."
„Was ist denn hier passiert?", fragte ich sie.
„Darüber dürfen wir dir keine Auskunft geben", antworteten sie mir.
Als Claudia, die Mutter meiner Freundin Saskia, von der Arbeit nach Hause kam, da sie wahrscheinlich von der Polizei benachrichtigt worden war, bat sie mich: „Furkan, komm doch mit rein." Drinnen waren die Sanitäter oben bei Saskia, wo sie behandelt wurde. Warum, wussten wir alle zu dem Zeitpunkt noch nicht. Es hatte uns ja keiner bisher eine Auskunft gegeben. Als dann endlich ein Polizeibeamter kam und uns mittelte: „Wir kämpfen um das Leben Ihrer Tochter. Sie hat wohl jede Menge Alkohol zu sich genommen und sich auch versucht, die Pulsadern aufzuschneiden", fingen wir geschockt alle an zu weinen, dabei versuchten wir uns gegenseitig zu trösten. Wir beteten im Wohnzimmer, dass sie nicht sterben solle.
Ich war mit meinen Nerven am Ende, als irgendwann der behandelnde Notarzt runterkam, um mit den Eltern von Saskia allein zu sprechen. Im Hausflur hörte ich, wie die Mutter ganz schrecklich anfing zu weinen, und ab diesem Zeitpunkt wusste ich, sie hatte es nicht geschafft, meine Saskia. Warum hat sie das

getan? Diese Frage stelle ich mir heute noch immer wieder und finde keine Antwort. Hätte ich vielleicht mehr Rücksicht nehmen müssen?, frage ich mich, als sie mir immer wieder erzählte: „Ich bringe mich jetzt um", wenn sie besoffen war. Dabei habe ich mich immer ganz schrecklich gefühlt, wobei, als es dann wirklich passierte, weiß ich bis heute nicht, was ich da gefühlt habe, als mir bewusst wurde, dass sie nicht mehr da ist. Ich denke, dass es jedem schwerfällt, in dem Moment was zu fühlen. Trauer? Wut? Entsetzen? Schuld? Man fühlt sich verantwortlich für den Tod des geliebten Menschen. Warum habe ich es nicht früher bemerkt?, frage ich mich immer wieder. Saskia wird immer in meiner Erinnerung bleiben. Gott hab sie selig. Vielleicht schaut sie ja auf mich herunter, von ihrer Wolke sieben, und beobachtet mich. Wenn ich die Zeit zurückdrehen könnte, wäre ich damals sofort nach ihrem Anruf zu ihr nach Hause gegangen. Vielleicht hätte ich sie dann noch davon abhalten können, so etwas zu tun.
Die Beerdigung wurde für mich ein Tag der Trauer und kein Tag sollte schlimmer werden, dachte ich mir zu diesem Zeitpunkt. Sie wurde am 31.11.2011 beerdigt und mit ihr starb ein Teil von mir mit.
Meine Familie weiß bis heute nicht, dass ich

einmal eine Freundin besaß, die nun gestorben ist. Ich habe nie mit ihnen darüber gesprochen, sondern habe es in mich hineingefressen. Ich denke, dass es mir heute vielleicht deswegen so schlecht geht, weil ich mich niemandem mehr so gut anvertrauen kann wie bei ihr. Irgendwie geht das Leben weiter, auch wenn ich manchmal daran denke, mir auch das Leben zu nehmen. Ich komme noch heute mit dem Tod von Saskia schwer zurecht, so dass ich damals alkohol- und drogenabhängig wurde. Ich habe mich für den Tod von Saskia verantwortlich gefühlt und so sollte das Heim meine letzte Rettung werden.

## 6.
**Heimaufenthalte**

Meine Mutter war mit ihren Nerven so am Ende, dass sie anfing, Psychopharmaka zu sich zu nehmen. In der Zeit, als ich mit dem Tod von Saskia nicht klarkam, begannen meine Diebstähle und andere Leute abzuziehen. Das Gesetz wurde mir auf einmal egal, und die Kombination von Alkohol und Drogen hatten verheerende Auswirkungen, das kann ich Ihnen sagen. Und dann noch eine Mutter, die alles versucht, ihrem Sohn Hilfe anzubieten, um ihn wieder auf die richtige Bahn zu bringen. Ich schiss auf alles, was meine Mutter sagte, und so sah sie nur noch eine Möglichkeit, mit dieser Situation klarzukommen, und ging zum Jugendamt. Sie hatte alles mit mir versucht und war dabei kläglich gescheitert. So setzte sie sich mit der Behörde in Verbindung, auch weil die Polizei sie unter Druck setzte. Dort erzählte sie, dass ihr Sohn einschlägig vorbestraft sei und er irgendwann ins Gefängnis müsse, wenn er so weitermache. Also gebe es für ihren Sohn nur zwei Möglichkeiten, den Knast oder das Heim. Dies machte mich schon ein bisschen wütend, wo ich schon keinen Vater besessen hatte, und jetzt sollte ich noch fort von meiner Mutter. Ich sage Ihnen, wie man sich als Kind fühlt, wenn Leute, die du vorher noch nie gesehen hast, entscheiden, wo du in Zukunft wohnen sollst. Das ist einfach nur hart. Aber egal, zurück zu Thema.

Dem Jugendamt erzählte ich alles, was sie wissen wollten. So auch, dass ich von der Schule geflogen bin, und das kam jetzt genau richtig. Das Jugendamt schlug vor, dass ich in eine Tagesgruppe gehen soll, von dort ich weiter meine Schule besuchen könnte. Mittags nach der Schule sollte ich in dieser Wohngruppe essen und anschließend meine Hausaufgaben machen. Abends dann zum Bahnhof und ab nach Hause, zu meiner Mutter. Es hörte sich für mich vielversprechend an, daher willigte ich ein und hatte damit mein eigenes Grab geschaufelt, in das ich in ein paar Monaten fallen sollte.

Als ich das erste Mal in der Wohngruppe ankam, war ich sehr schüchtern und sagte erst mal nichts. Zuerst wollte ich wissen, was mir die Pfleger zu sagen hatten. Die Pfleger stellten mir die Jungs vor, so wie den Rest der Pfleger, und führten mich durch die Räumlichkeiten. Am Anfang fühlte ich mich dort sehr unwohl. Das Heim, das in Heftrich, bei Idstein lag und nicht weit von Limburg entfernt lag. Den Weg, den ich jeden Tag zurücklegen musste, habe ich mir gut gemerkt. Man konnte ja nie wissen, wenn es einem zu blöde werden sollte. Ich lernte mit der Zeit die Jungs in der Einrichtung kennen, wobei ein paar davon hätte man in die Tonne werfen können. Andere fand ich ganz gut, die so drauf waren wie ich. Mit denen habe ich mich angefreundet und mit den anderen habe ich nur gesprochen, wenn es absolut notwendig war.

Ich lernte Jan kennen, der in Frankfurt wohnte und den es noch schlechter erwischt hatte als mich. Der musste in der Wohngruppe übernachten und durfte erst nach zwei Wochen nach Hause zu seinem Vater fahren. Dann lernte ich noch Marcello kennen, der aus Hanau kam und Zigeuner war. Mit dem verstand ich mich sofort gut und er wurde mit der Zeit ein richtig guter Freund von mir, was ich lange nicht mehr hatte, da ich mich seit dem Tod von Saskia eigentlich nur noch zurückgezogen hatte. Auch Marcello durfte erst nach zwei Wochen nach Hause fahren.

Irgendwann wurde ich der Kasper dieser Wohngruppe, da ich immer Witze erzählte und damit die anderen zum Lachen brachte. Es freute mich, andere lachen zu sehen, so dass Jan und Marcello mir den Tipp gaben, ich solle doch ein Komödiant werden, wobei ich zu dem Zeitpunkt etwas ganz anderes werden wollte. Rapper wollte ich werden und Musik rausbringen, so wie mein Vorbild Deso Doc. Ich schrieb gute Texte, fand ich, besaß jedoch nicht die Kontakte zu anderen Rappern.

In der darauffolgenden Zeit konzentrierte ich mich auf Musik und auf das Kaspern, so dass ich anfing, die Schule zu vernachlässigen. Ich wurde immer schlechter, da mich meine anderen Aktivitäten so ablenkten, dass ich meine Leistungsschwäche gar nicht mitbekam und die Pfleger irgendwann ihre Konsequenz daraus zogen und das Jugendamt und meine Mutter benachrichtigten. Am nächsten Tag, wobei ich zu der Zeit dachte, dass ich es geschafft hätte, warfen die mich aus der Wohngruppe raus. Sie hätten die Schnauze voll, sagten sie mir. Ich sprach mit Jan und Marcello und versprach, ihnen zu schreiben, wenn ich wieder zu Hause wäre.

Marcello erklärte sofort: „Die haben mich damals auch verarscht, glaube mir, du gehst nicht nach Hause, sondern du bleibst hier und musst zukünftig auch hier schlafen, wie wir auch."

Über den Gedanken war ich so entsetzt, dass ich versuchte mir einzureden, ich könnte trotzdem nach Hause. Am nächsten Tag saßen wir alle an einem großen Tisch, um zu besprechen, wie schlecht es doch bei mir läuft. Zum Beispiel, dass ich den Pflegern Wiederworte geben würde, die Schule total vernachlässige, und am Ende des Gesprächs wollte der Jugendamtmitarbeiter von mir wissen, warum das so sei. Darauf ich ihm antwortete: „Lasst mich wieder zu meiner Mutter, sonst garantiere ich euch allen, und vor allem diesem Heim, dass es mit mir noch schlimmer wird." Ich glaube, dass sie mich nicht ernst nahmen, da es am Ende so kam, wie es Marcello mir vorausgesagt hatte. Ich musste in dem Heim bleiben, aber nicht mehr in der Tagesgruppe, sondern vollstationär. Auf gut Deutsch war es bei mir jetzt genauso wie bei meinen Freunden Jan und Marcello. Zwei Wochen musste ich konstant im Heim bleiben und durfte erst danach zu Besuch nach Hause. Ich war so wütend, auch auf meine Mutter, weil sie diesem Vorschlag zugestimmt hatte, was mich am meisten enttäuschte. In dem Moment habe ich mich einfach nur mies gefühlt. Mein Vater wollte nichts von mir wissen und jetzt auch noch meine Mutter. Eigentlich, dachte ich mir, müsste doch eine Familie zusammenhalten. Aber sie fiel mir in den Rücken, indem sie mich im Heim ließ.

Mit der Zeit gewöhnte ich mich daran, auch nachts in der Wohngruppe zu bleiben, und ließ es mir dabei gut gehen. Ich musste auf eine neue Schule, die auch in Idstein lag und Erich-Kästner-Schule hieß. Gespannt, wer so in meiner neuen Klasse sei, begann mein erster Schultag. Als Erstes wurde ich, wie immer, meiner neuen Klasse vorgestellt, wobei ich diesmal sehr aufgeregt war, ließ es mir jedoch nicht anmerken. Ich lernte zwei Jungen kennen, die Erray und Anil hießen und Türken waren. Es schien, dass ich ihnen sympathisch war, und so wurden wir Freunde. In der ersten Pause, die ich auf meiner neuen Schule verbrachte, lernte ich weitere Leute kennen wie Jasmin, Svenja und Carolin. Wir freundeten uns an, wobei Carolin das Gespött der Schule war. Sie wurde immer gemobbt, worauf ich sie verteidigte, da jeder behauptete, sie sei hässlich. Ich bin aber der Meinung, dass jeder sich nicht selbst gemacht hat und ist auf irgendeine Weise auch ein Mensch. Ob nun hässlich oder sexy, spielt keine Rolle.

In den Pausen wurde ich der Gefragteste, da immer die Jungs und Mädchen zu mir kamen, um mit mir zu chillen, da sie wussten, dass ich ein Krimineller bin. „Scheiß auf die Polizei", habe ich ihnen gesagt und mir ansonsten von niemandem etwas gefallen noch was sagen lassen. Irgendwann kam ich mit Jasmin zusammen, wobei ich bei jedem Kuss ein komisches Gefühl bekam, da ich dabei an meine erste Freundin Saskia denken musste. Ich war nicht lange mit Jasmin zusammen, weil ich merkte, sie wollte nur das eine: rummachen und poppen. Sie besuchte mich auch einmal im Heim, wobei es danach auch eigentlich schon Sense war.

Als ich einmal mit Caro ins Gespräch kam, merkte ich, dass sie was an sich hatte, das mich verzauberte. Einmal fragte sie mich ganz schüchtern, ob ich noch mit Jasmin zusammen sei, und als ich es verneinte und zurückfragte: „Warum willst du das wissen?", antwortete sie: „Ach, nur so." Da wusste ich, dass sie in mich verliebt war. Ich sah es an ihren Augen, wie sie mich anschaute. Irgendwann lernte ich, ein paar Tage später, auch Sergej kennen, den alle Ziege nannten. Warum, weiß ich bis heute nicht. Er wurde mein bester Freund und wir bauten in der darauffolgenden Zeit viel Scheiße. Auch konnte ich ihm viele Dinge anvertrauen, aber das mit Saskia habe ich niemandem erzählt. Außer einer Person, von der ich wusste, dass sie dieses Geheimnis für sich behalten würde.

Na ja, ich war immer noch im Heim und immer noch liefen gegen mich Anzeigen wegen Diebstahl und Sachbeschädigungen. Wobei es mich nicht gebockt hat, da mir alles egal wurde mit der Fülle der Anzeigen. Mit Jan und

Marcello konnte ich auch über alles sprechen, jedoch nicht über solche Dinge wie Gefühle.
Irgendwann hatten Jan und Marcello sich in der Wolle und Marcello haute zu. Er schlug auf Jan ein, der anfing, sich zu wehren. Die Pfleger versuchten sie auseinanderzuhalten, da es aber zwei Frauen waren, wurde ihnen die Arbeit mit den zwei aufgebrachten Männern zu schwer. So half ich ihnen und hielt meine Freunde auseinander.
Marcello musste nach diesem Vorfall die Wohngruppe verlassen. Wohin er gebracht wurde, sagte man uns nicht. Jan und ich blieben also im Heim zurück, und als ich am nächsten Tag in die Schule ging, kam Jasmin zu mir und fragte mich, warum ich denn unsere Beziehung beendet habe, die doch so toll gewesen sei. Reflexartig antwortete ich: „Weil du mich echt nervst, wegen Caro, Mann. Okay, jetzt fuck nicht ab." Darauf Jasmin zu Caro lief und sich beschwerte: „Wegen dir hat Furkan mit mir Schluss gemacht." Danach auch schon die ersten Backpfeifen flogen. Ich ging dazwischen und sagte zu Jasmin, sie solle sich doch jetzt endlich verpissen. Danach sie nach mehrfacher Aufforderung auch ging. „Sorry", sagte ich zu Caro, „dafür kannst du nichts. Das war meine Schuld. Jasmin ist einfach nicht klargekommen, dass ich mit ihr

Schluss gemacht habe." Worauf mich Caro fragte, warum ich denn mit ihr Schluss gemacht habe, und ich ihr antwortete: „Wegen dir." Sie wurde so verlegen, dass sie nicht wusste, was sie darauf antworten sollte. In dem Moment küsste ich sie einfach. Danach waren wir sehr lange zusammen. Eines Tages bin ich dann aus dem Heim geflogen, weil ich oft nachts, durch einen Sprung durch das Fenster, mit Jan und Marcelo abgehauen bin, als Marcelo noch in der Wohngruppe lebte. Wir liefen damals vom Heim zum Bahnhof und von dort zu mir nach Hause. Jetzt wollen Sie bestimmt wissen, wie das meine Mutter aufgenommen hat. Na ja, sie nahm es gelassen und bemerkte nur, dass sie uns verstehen kann. Daher musste ich die Wohngruppe aufgrund von ständigen Abgängen verlassen und war danach erst mal ohne festen Wohnsitz, weil meine Mutter mir mitteilte: „Ich kann dich nicht aufnehmen. Ich schaffe das nicht." Dann stand ich da und war erst mal am Arsch. In solchen Situationen ging ich dann zu meiner Patentante, die immer an mich glaubte. Wobei sie mich diesmal bat, ich solle mich doch jetzt bitte wieder an Regeln halten. Ich versprach es ihr, aber daraus wurde leider nichts, da der Jugendarrest auf mich wartete, somit ich nicht nur meine Patentante verlassen musste, sondern auch Caro aus den Augen verlor.

## 7.
**Jugendarrest**

Ich war schon einschlägig vorbestraft, als ich in den Arrest kam, das ist eine JVA, in den Jugendliche unter achtzehn Jahre kommen, wenn die Behörden meinen, dass man nicht lernfähig sei. Vor dem Gefängnis hatten mich nicht nur meine Mutter, sondern auch die Polizei, Freunde und meine Patentante gewarnt. Es half alles nichts, anscheinend muss man aus Fehlern lernen. Ein Spruch, den ich bereits als kleiner Hosenscheißer zu hören bekam.

Das Amtsgericht Limburg verurteilte mich zu 50 Sozialstunden und einer Woche Jugendarrest, wegen den ganzen Diebstählen und Sachbeschädigungen. Ich wurde von einem Freund in den Jugendarrest gefahren und war sehr aufgeregt. Als wir dort ankamen, standen bereits ein paar Jungs vor dem Tor und rauchten eine Zigarette. Ich gesellte mich dazu und fragte sie: „Was geht ab? Müsst ihr auch hier rein?"

Einer davon bestätigte das und fragte mich: „Wie lange musst du sitzen?"

„Eine Woche", antwortete ich.

„Das schaffst du schon", beruhigte er mich.

„Wir sehen uns dann da drinnen", verabschiedete ich mich und ging zurück zu meinem Freund. Mit dem redete ich noch ein wenig und wir rauchten noch eine Zigarette nach der anderen zusammen. Sie müssen wissen, dass es Unterschiede zwischen manchen JVAs gibt. In dem Jugendvollzug ist das Rauchen zwar erlaubt, jedoch erst wenn man achtzehn Jahre alt ist und sich den Tabak selbst kaufen darf. In anderen Jugendarrestanstalten, die auch unter JVAs geführt werden, ist das Rauchen komplett untersagt, egal ob du achtzehn bist oder nicht, und das heißt abkacken.

Als ich dann die JVA betrat, roch es für mich komisch. Mit der Zeit lernte ich, dass wenn man von draußen kommend eine JVA betritt, dass es dort nach Gefängnis riecht. Wenn Sie mir nicht glauben, müssen Sie mal eine JVA besuchen und bitten, einen Rundgang machen zu dürfen, dann wird Ihnen der Geruch auch auffallen.

Drinnen mussten alle Neulinge in einem Warteraum Platz nehmen, bis ihr Name aufgerufen wurde. Danach stattete man uns mit dem Notwendigsten aus, wie Teller, Schüssel, Gabel, Messer, Seife, Zahnbürste und Shampoo, wobei das Besteck einer JVA nicht gefährlich sein darf, damit man sich oder andere nicht verletzen kann. Die sind so weich, dass sie sich verbiegen, wenn man draufdrückt. Danach wurden wir in einen anderen Raum gebracht, wo bereits zwei Justizbeamte auf mich warteten, um eine Leibeskontrolle durchzuführen. Auf gut Deutsch, einmal in die Hocke und husten. Es könnte ja sein, dass man versteckte Gegenstände in die JVA schmuggeln will, wie Tabak oder Drogen. Sie müssen wissen, dass bestimmte Drogen in einer JVA einem sehr viel Geld einbringen können. Zum Beispiel, wenn man für Gras draußen für 1 Gramm 10 Euro bezahlt, so musst du im Knast das Dreifache bezahlen.

Als ich meine Zelle betrat, wurde es mir doch sehr komisch zumute. Ich empfand die Zelle als eng und sehr ungemütlich. Nur das Notwendigste war vorhanden, wie Matratze, Decke, Kopfkissen, Schrank, Waschbecken, Toilette und ein Fenster, das man zwar aufmachen konnte, jedoch machte sich direkt dahinter ein Fliegengitter vor der Nase breit.

Ich musste lernen, dass das Fliegengitter dazu da war, dass Gefangene nicht pendeln können. Das bedeutet, wenn ich Karten um Sachen spiele, wie zum Beispiel um eine Zigarette, die ein anderer Gefangener hereingeschmuggelt hat, muss ich ihm als Gegenleistung etwas anderes anbieten. Sollte ich beim Kartenspielen verloren haben und pendeln müssen, haben wir zwei Schnürsenkel zusammengebunden, die

Schulden dran angebracht und aus dem Fenster hängen lassen. Der Untere musste dann versuchen, die Schnur zu greifen und mit anderen Gegenständen zu bestücken. Mit den Jahren lernten wir, dass die Fliegengitter keinen großen Druck aushielten und den Gefangenen eher dienten, ihre Sachen von einem Ort zum anderen zu transportieren, ohne dass die Justizbeamten etwas davon mitbekommen.

Mit der Zeit vertrug ich den Dauerarrest immer weniger. Bei dem Anstaltspfarrer, der mir auch sehr gute Tipps gab, heulte ich mich aus und bat: „Ich möchte nach Hause." Darauf erklärte er mir: „Wenn du nach einer Woche noch hier bist, müssen wir dich sowieso gehen lassen und hoffen, dass, wenn du draußen bist, du keine Scheiße mehr baust." Ich sicherte ihm das zu, jedoch besaß niemand die Gewissheit, nicht einmal ich, dass ich mich ändern würde. Nun muss ich Ihnen sagen, dass ich sehr wenig Selbstbewusstsein habe und Sie sich wahrscheinlich denken, dass das nicht schlimm sei. Auch werden Sie sich fragen, wie es in so einer Zelle ist, wenn die Tür hinter Ihnen zugeschlossen wird. Man weiß mit seiner Zeit nichts anzufangen, schaut aus dem Fenster, malt ein Bild oder schreibt asoziale Raptexte.

Habe ich Ihnen überhaupt erklärt, was eine Freistunde ist? Gesetzlich wurde festgelegt, dass Verurteilte Straftäter im Gefängnis die Möglichkeit erhalten, eine Stunde im Freien zu genießen und sich dort mit anderen Gefangenen zu unterhalten oder Karten zu spielen, und wenn sie keine Lust dazu haben, dann bleiben sie halt in der Zelle sitzen. In den Zellen selbst liegt in der Wand eingebaut eine Notrufanlage, die man auch mit Gewalt nicht rausbekommt. Von dieser Anlage aus wird man von den Beamten informiert, wann es Essen gibt, dass man sich für den Sport fertig machen soll, und wenn man selbst ein Problem hat, so drückt man auf einen Knopf, um mit den Justizbeamten Kontakt aufzunehmen, ihnen Fragen zu stellen oder wenn man mit der Sozialarbeiterin sprechen möchte oder gesundheitliche Probleme hat.

Als ich das erste Mal mit der Sozialarbeiterin über diese Anlage sprach, stellte sie mir die Frage, ob ich nach meiner Entlassung weiter im kriminellen Milieu verkehren werde. Darauf ich mit Nein antwortete. Wobei der Jugendarrest mir zu diesem Zeitpunkt viel abverlangte und der Respekt vor der Einrichtung keine andere Antwort zuließ. Dabei musste ich später feststellen, dass dieser Arrest ja noch ein Kindergarten war, in dem man nur ein bis vier Wochen bleiben muss. In den anderen JVAs aber, in denen die achtzehn- bis zweiundzwanzigjährigen Jugendlichen sitzen, da bekommt man höhere Strafen und muss schon ein paar Jahre absitzen. Das konnte ich mir zu diesem Zeitpunkt aber nicht vorstellen, daher versprach ich der Sozialarbeiterin, mich zukünftig vom kriminellen Milieu fernzuhalten. Dabei wusste ich bereits zu diesem Zeitpunkt, dass die Kriminalität mich fest im Griff hatte und das Adrenalin, wenn man von Polizisten wegrennt oder man zehn Leuten gegenübersteht und du die Angst überwinden musst, dass es diese Momente sind, die das Adrenalin hochfahren lassen und es Geschichten werden, die in der Stadt herumgehen, dass du Eier in der Hose hast und dich was traust. Dein Name wird einen Bekanntheitsgrad erhalten, deswegen konnte ich mit den kriminellen Taten nicht aufhören. So kamen manchmal fremde Leute auf mich zu, die fragten: „Alter, du bist doch Furkan, oder? Ich habe schon viel von dir gehört." Das hat mich stolz gemacht, wenn diese Fremden erzählten, dass sie von dieser und jener Sache gehört hätten, und zum Schluss fragten: „Stimmt denn das?" Diese Anerkennung war es, die mich immer gereizt hatte. Als ich dann aus dem Gefängnis entlassen wurde, dauerte es nicht mehr lange, bis man mich wieder eingebuchtet hatte.

## 8.
**Verhandlung**

Als ich im kriminellen Milieu bereits so in Fahrt kam, dass ich den Bezug zur Realität verlor, fing ich an, mich mit Alkohol und Drogen zu betäuben. Alles, was ich in die Hände bekam, habe ich in mich hineingeschmissen. In dieser Zeit habe ich meinen ersten richtigen Mittäter kennengelernt. Er hieß Björn, und ich fand, dass er ein guter Junge war, sodass er mit der Zeit ein echt guter Freund wurde. Ich lernte ihn in der Schule kennen. Zu dieser Zeit war es nicht lange her, dass ich aus dem Jugendarrest entlassen worden war und so richtig in Fahrt kam. Ich war auf Diebstähle und Abzocke aus und Björn brachte ein bisschen Schwung in meine Aktivitäten. So zeigte er mir, wie man sich zu Wehr setzen muss, um ernst genommen zu werden. Sein Vater Andreas half uns dabei und zeigte mir einige richtig gute Griffe, da er als Fachkraft bei einer Sicherheitsfirma arbeitete. Er wurde mein Vorbild, weil er für mich den Traumjob besaß, und so wurde ich mit dieser Unterstützung fit für meine Aktivitäten. Es dauerte auch nicht lange, bis ich die erste Anzeige wegen Körperverletzung erhielt. Darauf mich die

BASU 21 zur Rede stellte und ich ihnen deutlich machte, was ich von ihren Vorhaltungen hielt. Nämlich gar nichts. Ich hörte ihnen gar nicht zu. Als ich das Polizeigebäude verließ, war ich ziemlich genervt und dachte damals, dass ich alles im Griff hätte und wer nicht so wie ich dachte, der sei ein Arschloch oder Wichser. Danach folgten wieder die Predigten von meiner Mutter, die mir immer sagte: Das machst du falsch und das machst du nicht richtig. Man muss sich vorstellen, dass ich zu dieser Zeit ein Alkohol- und Drogenproblem besaß, zusätzlich gerade aus dem Gefängnis gekommen war und gar nicht daran dachte, mit der kriminellen Karriere aufzuhören. In diesem Zustand steht dann Ihre Mutter vor Ihnen und versucht alles, mit Tränen in den Augen, dich zum Aufhören zu bewegen. Man möchte gerne weinen, aber es geht nicht. Es widert einen an, dass Ihre Mutter Sie nicht versteht, und so war es auch bei mir. Ich hatte völlig den Bezug zur Realität verloren, und Mutter, Polizei und Verwandte, die mir helfen wollten, kamen nicht an mich heran. Heute muss ich gestehen, dass ich sehr schlimm zu dieser Zeit war, die heute noch eine große Rolle in meinem Leben spielt, und beim Schreiben dieses Buches im Gefängnis mache ich alles wieder durch. Wenn der Leser diese Zeilen liest, der in Freiheit ist, oder Sie gerade das Essen für den Mann vorbereiten, da sitze ich in meiner Zelle und denke darüber nach, was in meinem Leben wieder schiefgelaufen ist. Nach meiner ersten Entlassung habe ich erst so richtig angefangen, kriminell zu werden. Als ich damals dann von meiner Mutter rausgeschmissen wurde, weil sie es nicht mehr ausgehalten hatte, habe ich mich jeden Tag mit Drogen vollgepumpt und war jeden Tag betrunken. Heute verstehe ich, dass eine Mutter das nicht lange aushalten kann.

Ich ging zu meinem Mittäter Björn, der mich bei sich zu Hause aufnahm, wobei sein Vater nicht davon begeistert war. Björn schien ihn irgendwie überredet zu haben, so dass ich doch bei ihnen wohnen durfte. Mein Vater unterstützte diesen Unterschlupf bei der Familie und gab Björns Vater Geld, damit sie ihren Kühlschrank füllen konnten. Für mich war das hart zu hören, dass der eigene Vater einen nicht aufnehmen wollte, als es brenzlig wurde, aber einem Fremden dafür Geld gab, der die Verpflichtungen eines Vaters übernehmen sollte. Aber so war halt mein Vater.

Nach einiger Zeit musste ich wieder ins Gefängnis, da ich es draußen nicht geschafft hatte, sondern mehr und mehr Scheiße baute.

Am 14.03.2012 hat mich dann ein Gericht zu

einer Jugendstrafe von einem Jahr und zwei Monaten verurteilt. Wobei ich mir nach der letzten Entlassung gedacht habe: In so einen Scheißladen komme ich nie wieder rein. Dabei sollte ich mich irren, denn Björn hatte irgendetwas an sich, dass ich ihm am Arsch klebte und bei allen Aktionen mitmachte, die er mir vorschlug.

Einmal hatte mich im Facebook ein Junge angeschrieben und gebrauchte dabei das Wort Hurensohn. Darauf ich zurückschrieb, er solle sich mit mir treffen, damit wir diese Beschimpfung im Kampf austragen können, da ich so ein Wort nicht auf mir sitzen lassen könne.

Als der Junge dann zum Treffpunkt nicht erschien, war ich außer mir vor Wut und ging zu Andys Vater, um mich mit ihm zu besprechen. „Andreas", sagte ich zu ihm, „du arbeitest ja ehrenamtlich als Feuerwehrmann. Wie sieht es denn aus, wenn du mir eine Adresse von einem Jungen, der mich in Facebook beleidigt hat, raussuchen kannst?"

Er willigte ein, bemerkte jedoch, dass sein Name nirgendwo in den Blättern der Polizei auftauchen dürfe. Ich versprach es ihm und stellte nur fest: „Ist doch klar. Du tust mir damit auf jeden Fall einen Gefallen. Wenn das gut geht, dann tue ich dir auch einen Gefallen."

Ein paar Wochen später erhielt ich von ihm die Adresse, so dass Andy und ich danach das Haus dieses Jungen beobachteten. Wir warteten auf den Pisser, bis er irgendwann von der Schule nach Hause kam. Danach klingelten wir an seiner Haustür. Seine Mutter öffnete und fragte, wer wir denn seien. „Schulfreunde von Ihrem Sohn", antworteten wir. „Wir haben die Hausaufgaben vergessen. Kann Ihr Sohn die uns bitte geben? Das wäre ganz freundlich von ihm."

Darauf sie ihren Sohn rief, der darauf erschien. Als er mich sah, wollte er durch eine schnelle Bewegung die Tür zumachen. Da schob ich meinen rechten Fuß dazwischen und zerrte ihn raus, gab ihm ein Kopfstoß ins Gesicht, und Andy und ich warfen ihn zu Boden, wo wir auf ihn eintraten. Seine Mutter schrie um Hilfe und ein Nachbar rief die Polizei. Da wir jedoch so voller Hass waren, traten wir weiter auf ihn ein, bis die Mutter ihren Sohn in die Wohnung ziehen konnte. Darauf ich zu Andy bemerkte: „Ich bringe ihn um", und Andy mich darauf aufmerksam machte: „Die Bullen kommen gleich. Lass uns gehen." Darauf ich sagte: „Warte. Ich habe Zippo-Benzin dabei. Ich fackel einfach die Bude ab."

„Ich bin dabei", antwortete Andy, und so liefen wir hinters Haus, wo zwei blaue Mülltonnen standen. Ich schüttete in beide das Benzin, zündete sie an und stellte sie wieder an die Hauswand. Danach fingen wir an zu rennen, da das Martinshorn der Polizei immer näher kam. Wir waren bereits bei einem Spielplatz angelangt, um zu chillen, als mein Handy klingelte. Andreas war dran, der Vater von Andy, der mich fragte, ob ich noch in Ordnung sei. „Ja", antwortete ich. „Warum?" Darauf er uns mitteilte, dass die Hauswand der Familie, bei der wir zu Besuch waren, brenne. Die ganze Dämmung der Außenwände sei abgebrannt. Das war mir zu diesem Zeitpunkt relativ egal, da ich der Meinung war, dass er es verdient hatte. Anschließend gingen wir zu Andy nach Hause und machten Pläne, wie wir diesen Leuten noch eins auswischen konnten, und kamen so auf die Idee, bei denen alles kaputt zu schlagen. Hauptsache, sie bezahlten. Wie, war uns egal.

Als ich am nächsten Tag in die Schule ging, um die Lage zu checken, wer denn alles da sei, sah ich einen guten alten Freund, der Sebastian hieß und auch aus Limburg kam. Ich sprach ihn an und wir machten ein bisschen Spaß, was er falsch aufnahm, daraufhin er mit mir kämpfen wollte. Er nannte mich Hurensohn, darauf ich ziemlich sauer wurde und auf ihn losging. Doch er wollte nicht mehr kämpfen, worauf mein Freund Andy mit ihm sprach und ihn darauf hinwies, dass ich im Moment der Klassenclown sei.

Als ich später in der Klasse wieder den Clown spielte, verwies mich der Lehrer aus der Klasse. Doch ich wollte nicht gehen, so dass der Lehrer mich am Arm packte und ich um Hilfe schrie. Darauf sein Griff fester und ich wütend wurde und anfing, ihn als Bastard zu beleidigen. Als er in Kampfstellung ging, fing ich an zu lachen, da ich zu der Zeit als der beste Kämpfer der Klasse galt.

„Du fette Sau", sagte ich zu ihm, und er fragte: „Wie nennst du mich?", nahm mich in den Schwitzkasten und schubste mich an die Wand. Dort trafen beide Köpfe von uns zusammen und wir fielen zu Boden, dabei er sich eine Rippe brach. Als er aufstand, versprach er mir, dass das noch ein Nachspiel haben werde.

„Komm doch her, du Pisser", antwortete ich ihm, darauf ich von Andy festgehalten wurde.

Die ganzen Schüler aus der Klasse hatten den Kampf mit ihren Handys aufgenommen, die sie auf YouTube verschickten. Wobei ich nicht stolz auf meine Tat war, denn ich mochte den Lehrer, der echt toll war.

Die Anzeigen stapelten sich bei der Polizei

und die Akten füllten sich, dabei ich einen gewissen Stolz empfand, dass inzwischen die Polizeibeamten meinen Vornamen bereits kannten und bemerkten, dass immer, wenn sie zu einer Schlägerei gerufen wurden, der Furkan dabei war.

Ich kann Ihnen nicht sagen, warum mein Ruf mich so stolz machte; vielleicht lag es daran, dass ich ohne Vater aufwachsen musste und daher nach Aufmerksamkeit suchte und auch nach Geborgenheit. Wobei ich die Aufmerksamkeit bei den Straftaten auch fand, aber keine Geborgenheit. Zum Schluss wurde es wie eine Sucht, mit der Gefahr erwischt zu werden, und das Adrenalin in meinen Kopf schoss.

Am 14.03.2012 sauste der Hammer des Richters hinunter und ich wurde vom Amtsgericht Limburg zu einer Jugendstrafe von einem Jahr und zwei Monaten verurteilt.

Meine Mutter fing an zu weinen und heute weiß ich nicht mehr warum, damals war mir das alles egal. Dabei dachte ich nur: „Wartet nur ab, wenn ich wieder rauskomme, dann mache ich weiter. Ihr könnt mich einsperren, so viel wie ihr wollt, ich werde weitermachen."

Zu sechst saßen wir auf der Anklagebank. Alle Freunde von mir haben eins auf den Deckel bekommen. Auch hier blieben wir Freunde

und keiner hat den anderen verraten. Dieser Zusammenhalt war für mich das Wichtigste an der ganzen Sache. Alle von uns konnten den Druck der Staatsanwältin trotzen, und auch der Richter hatte keine Chance, etwas aus uns herauszubekommen. Auch nicht, als sie jedem Einzelnen versprachen, die Strafe zu senken. Unsere Eltern waren nicht begeistert, als sie hörten, dass wir uns nicht äußern wollten. Im Zuschauerraum saßen aus der Schule alle Lehrer, Schüler, die Freundinnen der Angeklagten sowie die Familienmitglieder.
Zu diesem Zeitpunkt besaß ich eine Freundin, die Natascha hieß. Es war ein süßes Mädchen und ein toller Mensch, die versucht hatte, mich vom kriminellen Milieu fernzuhalten. Trotz allem half es nicht und ich machte weiter, so dass ich jetzt vor Gericht stand. Den Richter kannte ich schon, leider, und er kannte mich, was meine Chancen, rauszukommen, schwinden ließ. Es war der Vorsitzende vom Amtsgericht Limburg, der mich fragte: „Furkan, ich habe dir sehr viele Chancen gegeben, die du leider nicht genutzt hast. Du weißt, dass mir nichts anderes übrig bleibt, als dich in den Knast zu schicken. Wer Scheiße baut, muss daraus lernen." Ich stimmte ihm zu, obwohl ich nicht wusste, was mich in einem Jugendknast erwartete. Ich bekam diese Haftstrafe

von einem Jahr und zwei Monaten, die ich mir auch verdient hatte, so ehrlich war ich noch zu mir selbst.

Vom Gericht aus ging es direkt in eine Zelle, wo ich auf die Wachpolizei warten durfte, die mich in den Knast fahren sollte. Als die Beamten dann endlich da waren, bekam ich einen Bauchgurt angelegt, der vorn an meiner Hüfte befestigt wurde. Sie legten mir Handschellen an und fesselten mich an den Füßen. Es war das erste Mal, dass ich so etwas überhaupt gesehen hatte.

## 9.
**Zweiter Jugendarrest**

**A**uf der Fahrt in den Jugendknast sprach ich mit einem Beamten der Wachpolizei. Er fragte mich, wie alt ich sei. „Fünfzehn Jahre", antwortete ich ihm. Er war schockiert und bemerkte nur: „Du bist so alt wie mein Sohn. Wie bist du überhaupt in die kriminellen Kreise reingekommen?" Darauf ich ihn bat, er solle seinem Sohn von mir ausrichten, dass er sich von Drogen und Alkohol fernhalten solle, weil das zieht einen runter, und man merkt nicht, wie tief man schon gefallen ist. Man macht immer weiter, bis die Polizei sagt: „Bis hierher und nicht weiter."
Als wir endlich im Jugendknast ankamen, sah ich dieses riesige Tor, dabei es mir wieder ganz komisch wurde, und ich hoffte, dass es so locker werden würde wie im Jugendarrest. Aber da hatte ich mich getäuscht.
„Immer weitermachen und nie die Hoffnung verlieren", dachte ich mir, als der Wagen zum Stillstand kam. Der Beamte schloss die Handschellen und die Fußfesseln auf und ein anderer Beamter nahm mich in Empfang. Der fragte mich: „Sind Sie Herr Furkan Kaya?" Und ich antwortete: „Ja." Worauf er mir deutlich zu

verstehen gab, dass jetzt ein neuer Lebensabschnitt für mich beginne. Zu diesem Zeitpunkt war ich noch sehr optimistisch. Als wir dann hineingingen, wurde es doch scheiße für mich. Zuerst gingen wir zum Arzt, der mir Blut abnahm, um zu gucken, ob ich irgendwelche Krankheiten habe, und mich informierte, wann die Ärzte Sprechstunden hatten. Danach gingen wir zur Kleiderkammer, und da war er wieder, dieser komische Geruch, der nach Knast roch. Ich bekam Klamotten und man brachte mich ins C-Haus, wobei ein Hausarbeiter mir half, die Sachen auf einen Wagen zu packen, damit ich diese in mein Haus bringen konnte.

Als ich die Zelle betrat, wurde es mir wieder ganz mulmig. Na ja, als sich dann noch die Tür hinter mir schloss, wusste ich wieder nicht mit der Einsamkeit klarzukommen. Das Erste, was einem dann in den Sinn kommt, ist der Selbstmord.

Ich wusste auch, dass die erste Zeit im Gefängnis immer sehr anstrengend wird, speziell wenn du in einem Jugendvollzug gelandet bist und nicht im erwachsenen Knast. Denn im Jugendvollzug möchten sich die Jugendlichen beweisen, dass sie die nötigen Eier haben, um diese Zeit durchzustehen. Auch wenn sich hinter einem die Tür schließt und geweint wird.

Wenn dann am nächsten Tag die Tür wieder aufgeht, macht man auf hart und lächelt.

Aber so ist die Jugend heutzutage. Da kann man wohl nichts machen. Damals war das Kämpfen noch Ehrensache. Man ging an einen Platz, an dem die Beamten einen nicht sehen konnten, und schlug sich, kurz oder länger, auf die Fresse. Das kam immer darauf an, was man für ein Beef miteinander hatte. Heute jedoch rennen diese zu den Beamten und werden damit zu Einunddreißigern. Oh, Entschuldigung, Sie wissen bestimmt nicht, was ein Einunddreißiger ist. So nennt man einen Verräter oder einen V-Mann, der vor Gericht schwach wird und plappert.

Na ja, jetzt war ich wohl im Knast angekommen. Ich leerte meine Sachen aus und richtete mich in meiner Zelle so ein, dass sie für mich schön aussah. Meine Zelle besaß keinen Fernseher, so dass du Zeit hattest, über die Fehler, die du begangen hast, nachzudenken, denn ich weiß, wovon ich rede. Am nächsten Tag durfte ich in die Freistunde, wohin man ein Mal pro Tag für eine Stunde auf den Hof geht. Das steht einem zu und ist auch im Gesetz verankert, wobei der Freigang bei starkem Regen oder schlechtem Wetter entfällt. Als ich dann auf dem Freistundenhof stand, kamen sofort ein paar Jungs auf mich zu und durchlöcherten mich mit Fragen: „Weswegen bist du hier? Wie viel Jahre hast du bekommen?"

Was in einem Knast jedoch gar nicht geht, sind sexuelle Belästigung und die Vergewaltiger, die da herumliefen, die es noch schwerer als wir haben. Die werden geschlagen, wo sie stehen und gehen, egal ob sie eine Frau, ein Kind oder ein Baby vergewaltigt haben. Das sind die Picos im Knast, die geknechtet werden. Das ist so und war schon immer so gewesen. Auch Schwule haben es im Knast schwer, da sie sich den Abscheu der Mithäftlinge gefallen lassen müssen.

Mit der Zeit lernte ich die Jungs kennen, sah auch Leute aus meiner Stadt, mit denen ich in die Schule gegangen war, und jetzt begegneten wir uns im Knast wieder. Und wenn man mit einem dieser Jungs draußen Beef hatte, so hält man im Knast umso mehr zusammen, da man im selben Boot sitzt und man aufeinander angewiesen ist, wie zum Beispiel beim Einkauf von Tabak und Hygieneartikel.

Einen Monat später durfte ich auch endlich arbeiten gehen, um Geld zu verdienen, damit ich auch an dem Einkauf teilnehmen konnte. Zuerst jedoch musste ich eine Arbeitstherapie durchlaufen, bevor ich der Küche zugeteilt wurde und man mich gründlich untersuchte, um sicherzugehen, dass ich keine Krankheiten hatte. Diese Tests wurden auch im Bereich der Bäcker, Küche sowie Lehrküche durchgeführt. Meine erste Zeit im Knast wurde von depressiven Symptomen geprägt, was normal sei, sagten mir die anderen Jungens. Man muss sich erst einmal daran gewöhnen, ein Jahr und zwei Monate eingesperrt zu sein. Vielleicht ist es nicht bei jedem so, bei mir zumindest war es das. In dieser Krise ging mir der Anfang meiner kriminellen Karriere durch den Kopf. Man hängt gerade ab mit seinen besten Freunden, raucht Drogen, um dazuzugehören, dann sagt einer deiner Freunde: „Komm, wir begehen einen Einbruch in einem Supermarkt." Guter Plan, denkst du, man wollte ja dazugehören. Aber weil man das erste Mal einbrechen geht, begeht man Flüchtigkeitsfehler. Wir ließen also Sachen am Tatort zurück, was im Nachhinein sehr doof war. Als dann die Polizei bei uns klingelte, wurden wir nicht nur durch die liegen gelassenen Gegenstände, sondern auch durch die Aufnahmen der Überwachungskamera überführt. Allen Menschen, die diesen Bericht lesen, möchte ich sagen: Ab diesem Moment wird es nicht mehr so lustig. Aus deinen Freunden werden schnell Feinde. So etwas kann man sich nicht vorstellen. Diese wollen ihren Arsch in Sicherheit bringen, und in dem Moment, wo du deine Aussage machst, werden diese ach so tollen Freunde Verräter. Vor Gericht erst wurde mir klar, dass sie gesungen haben mussten. Auch der Spruch von diesen Freunden: „Ich schreibe dir, wenn du in den Knast musst", ist alles erstunken und erlogen. Glaubt es mir, kein einziger Brief wird bei euch ankommen.

Manchmal frage ich mich, ob die Zeit im Knast mir geholfen hat. Ich denke nicht, wobei ich in dieser Zeit so traurige Geschichten gehört habe, bei denen man heulen könnte.

Von Ausländern, Deutschen und Nazis, worüber man auch ein Buch schreiben könnte. So habe ich zum Beispiel mit vielen Marokkanern zu tun gehabt, und ihre Geschichten, egal in welchen Knästen, haben mich sehr traurig gemacht, denn es waren ganz normale Jugendliche, von fünfzehn bis einundzwanzig Jahren, denen man ihren Schmerz nicht ansah. Wenn sie jedoch zu sprechen anfingen, hätte ich fast heulen können. Manche versuchten in ihrer Heimat der Armut zu entkommen und kamen schwarz nach Deutschland. Ihre Eltern verstarben, und so mussten sie sich Arbeit suchen, um ihren Schwestern und Brüdern zum Überleben Geld nach Hause schicken zu können. Manchmal wurden sie dann in der Fremde auch verarscht und mussten Essen klauen, damit ihre Geschwister was zu essen bekamen, und immer war der Satz vertreten: „Was soll ich denn machen? Ich habe es auf dem legalen Weg versucht und sollte dabei ausgewiesen werden, daher ich kriminell werden musste, weil die Familie in meiner Heimat auf Geld von mir wartet. Also wurde ich förmlich gezwungen, es auf dem illegalen Wege zu versuchen."

Einmal redete ich mit einem Mitgefangenen, der aus Marokko nach Deutschland kam, um hier mit Drogen zu dealen. Seine Eltern wussten nicht einmal, wo ihr Kind war. Er besaß keine Verwandten in Deutschland, und so bin ich der Meinung, dass solche Jungs nix in Gefängnissen verloren haben, sondern in ihre Heimat zurückmüssten.

Als ich dann endlich auch entlassen wurde, das war der 10.05.2013, bin ich zur Kleiderkammer gegangen und habe mir meine Sachen geholt. Anschließend ging es zur Vollzugsgeschäftsstelle, wo ich mein Entlassungsschein erhielt. Man händigte mir auch mein Überbrückungsgeld aus, das 1500 Euro betrug. Dieser Betrag kam durch mein verdientes Geld im Knast zustande, das zu vier Siebteln monatlich auf mein Konto floss, bis der gewünschte Betrag zustande kam. Ansparen kann man im Knast nichts. Die 1500 Euro sind als Notgroschen für den Anfang in Freiheit gedacht.

Dann gingen für mich die Tore des Gefängnisses auf und ich war wieder ein freier Mann.

## 10.
## In Freiheit

Zuerst ging ich zu meiner Mutter. Zwei Wochen ging es gut, dann hatte ich eine Schlägerei mit meinem besten Freund, der bei meiner Hot schlecht über mich sprach. Ich war so empört, dass ich ihm einfach in die Fresse haute, als man mir davon berichtete. Prompt flatterte eine Anzeige wegen einer Schlägerei zu uns ins Haus. Bei der darauffolgenden Gerichtsverhandlung verdonnerte man mich zu acht Monaten Gefängnis und drei Jahren Bewährung. Die acht Monate im Gefängnis habe ich brav abgesessen. Als man mich dann entließ, habe ich mich aus dem Staub gemacht. Ich hatte keinen Bock, mich drei Jahre lang mit einem Bewährungshelfer zu treffen.
Ich bin in eine größere Stadt umgezogen. Auch die monatlichen Meldungen bei meinem Bewährungshelfer unterließ ich.
In der Stadt traf ich auf eine alte Freundin aus Schulzeiten, so wie vier Freunde von früher, die mir halfen, bei einer Wohngemeinschaft ein Zimmer zu erhalten. Wobei ich mich in der Stadt als neuer Bürger nicht anmeldete. Die Polizei, nicht faul, suchte mich inzwischen mit einem Haftbefehl, da ich meine ganzen Be-

währungsauflagen nicht einhielt.

Irgendwann bemerkte ich, dass in einem Wagen zwei Männer mich beobachteten. „Bei Allah", dachte ich, „wie hat die Polizei mich so schnell finden können?" In den darauffolgenden Tagen habe ich mir dann einen Spaß daraus gemacht, mit ihnen Katz und Maus zu spielen. Mit anderen Worten, sie zu verarschen.

Eines schönen Tages, als wir den Geburtstag meiner Freundin feierten, sah ich die Polizisten, gleich neben spielenden Kindern, in einer dunklen Ecke stehen und mich beobachteten. Ich gab sofort Fersengeld und machte mich davon, nicht ahnend, dass ein Dritter an der anderen Ecke stand, und als ich dort um die Ecke bog, mir ein Bein stellte. Ich flog auf die Fresse, und da waren sie bereits zu dritt über mir und sprühten mir Pfeffer in die Augen. Zu dritt trugen sie mich dann ins Auto. Was soll ich dazu sagen? Wer noch nie dieses Pfefferspray in den Augen hatte, kann nicht ermessen, wie weh das tut. Stunden danach haben mir noch die Augen geträt. Man brachte mich in eine Arrestzelle, wo ich depressiv wurde. Nach Tagen holte mich ein Krankenwagen von dort ab und brachte mich in ein Krankenhaus, von wo aus mich die Ärzte in die Psychiatrie überwiesen. Dort kannte man mich bereits, da ich seinerzeit nach einem Heimaufenthalt schon einmal dahin gebracht wurde. Ein Jahr blieb ich dann in dieser Einrichtung, bis sie mich, aus Platzgründen, aus der Psychiatrie entließen.

## 11.
### Die Scheiße fängt von vorne an

Der Weg aus der Psychiatrie führte mich zu meiner alten Freundin, die in einer anderen Stadt lebte. Die Freundin holte mich vom Bahnhof ab und von dort ging es in ihre Wohnung. Wir freuten uns über das Wiedersehen, das gefeiert werden musste. Irgendwann meldete sich auch ein früherer Knastbruder bei mir, den ich am Bahnhof abholte. Zusammen ging wir einen trinken und danach nahm ich ihn zu meiner Freundin mit. Von dort gingen wir weiter trinken, und nach einer Weile machten wir uns auf den Weg zu Freunden, um dort weiterzufeiern. Dort angekommen, klingelten wir, und die Freundin meiner Freundin machte uns die Tür auf. Bei Allah, war das eine tolle Frau! Die sah aus wie ein Model. Jetzt noch, wenn ich davon berichte, komme ich ins Schwärmen. Jedenfalls machte ich sie an und meine Freundin wurde sauer. Wir feierten also weiter, tranken Alkohol und nahmen Drogen.
Nach einer Weile ging die Tür auf und der Knochenbrecher erschien. Das war der Bruder der Wohnungsbesitzerin. Also der Bruder von der Freundin meiner Freundin. Der war groß

und mächtig, mit viel Muskeln. Den Spitznamen Knochenbrecher erhielt er, da er eine Spezialität besaß, seinen Gegnern die Handknochen zu brechen. Der stellte sich also breitbeinig vor das Sofa, auf dem ich mit seiner Schwester zugange war, und behauptete: „Du hast keine Eier in der Hose."
„Na klar hab ich Eier in der Hose", widersprach ich ihm und setzte mich gerade hin.
„Ihr alle habt keine Eier in der Hose", behauptete er noch einmal und drehte sich zu meinem Freund um. „Und wenn ihr Eier in der Hose habt, dann beweist es mir."
Mein Freund und ich sahen uns an und antworteten: „Gut. Wir brechen bei dem nächsten Kiosk als Beweis ein." Einbrüche waren unsere Spezialität. Darin kannten wir uns aus. Da sind wir sozusagen Profis.
Voll mit Drogen und Alkohol, schnappten wir uns einen Rucksack, in den wir die geklauten Sachen reintun wollten. Den Kiosk, den wir uns dann aussuchten, dessen Besitzer kannten wir gut, da wir des Öfteren dort Sachen besorgt hatten. Es war ein Leichtes, mit dem Nothammer die klapprige Tür aufzubrechen. Wir räumten den halben Laden leer und machten uns zurück zum Knochenbrecher. Dem gaben wir die Hälfte der geklauten Zigaretten, damit er sah, dass wir Eier in der Hose haben,

und den Rest verkauften wir. Bei dem Alkohol nahmen wir so viel davon mit, wie wir schleppen konnten, den wir teilweise noch in der gleichen Nacht konsumierten.

Der Kioskbesitzer heulte mir ein paar Tage später die Ohren voll: „Warum habt ihr das getan?", fragte er. „Ich war doch immer anständig zu euch. Bei dem Schaden, den ihr angerichtet habt, kann ich jetzt meine Familie nicht mehr ernähren."

„So eine Scheiße aber auch", dachte ich mir. „Von wem weiß der denn, dass wir das waren? Wer hat uns also verraten?", fragte ich mich, wobei ich noch immer voller Koks im Kopf war. Dass mich einer meiner Freunde verraten hatte, machte mich wieder depressiv.

Ich trommelte also die Jungs zusammen und wir trafen uns in der Wohnung meiner Freundin. An die fünfzehn Personen drängten sich in einem kleinen Zimmer, als ich in die Runde fragte: „Von wo weiß der Kioskbesitzer von unserm Einbruch? Wer von uns ist der Verräter? Freunde", sagte ich, „das macht mich ganz fertig. Was hat derjenige denn davon, wenn er uns verrät?"

Als wir ins Diskutieren kamen, da sich niemand schuldig fühlte, ging die Tür auf und meine Freundin erschien. Verspätet, obwohl sie wusste, wie wichtig es mir war, den Verrä-

ter zu finden. Bereits als ich das letzte Wort gesprochen hatte, ging mir ein Licht auf, und ich fragte sie: „Kann es sein, dass du uns verraten hast?"
„Du hast mir ja keine Wahl gelassen", behauptete sie trotzig.
„Was heißt hier, ich habe dir keine Wahl gelassen?", fragte ich aggressiv zurück.
„Ja, wenn du dauernd mit meiner Freundin rummachst, und das auch noch vor meinen Augen. Was denkst du, wie ich mich fühle?"
„Aber wir waren doch alle bekifft", erklärte ich. „Wie kannst du mich deswegen wieder ins Gefängnis bringen? Hast du dann mehr von mir, wenn ich sitze?"
So kam ich wieder in den Vollzug, in dem ich jetzt meine Strafe absitze und dies Buch über mein Leben schreiben darf. Inzwischen ist mir das Leben im Gefängnis zur Routine geworden.
Über was ich noch berichten möchte ist, dass ich noch heute meine Tante vermisse. Einer der wenigen Menschen, die immer für mich da waren, und sie glaubte an mich, solange sie noch lebte. Einen so lieben Menschen habe ich bisher nicht mehr treffen können. Als meine Mutter mir berichtete, dass diese meine heißgeliebte Tante nicht mehr für mich da sein sollte, brach ich im Gefängnis zusammen. Es

war so schlimm, dass mir die Gefängnisleitung erlaubte, zu ihrer Beerdigung zu gehen. Am besagten Tag begleiteten mich ein paar Beamte auf den Friedhof, und in der Kapelle, wo der Sarg der Tante aufgebahrt stand, heulte ich so, dass mich die Beamten zurück zum Einsatzwagen stützen mussten.

Frau Karres, mit der die Gefangenen im Gefängnis ihr Leben aufschreiben können, bat mich nach dieser Schilderung über meine Tante: „Beschreibe doch deine Tante." Da konnte ich dies nicht tun. Ich sah sie nur an, eine Frau, die sich Zeit für uns Jugendliche im Gefängnis nahm, damit wir unser Leben überdenken konnten, die, anstatt sich in ihrer Zeit wie viele andere Rentner zu vergnügen, zu uns kam, das bewunderte ich, und so antwortete ich: „Sie war so wie Sie."

## 12.
**Hoffnung**

Inzwischen habe ich meine drei Jahre im Gefängnis abgesessen und werde bald entlassen. Meine Mutter möchte mich nicht mehr bei sich haben, da sie befürchtet, wieder mit meinem alten Leben konfrontiert zu werden. Dabei bin ich doch inzwischen älter geworden und reifer. Die Sozialarbeiterin im Gefängnis hat mir versprochen, dass sie sich um einen Platz in einer Wohngruppe für mich bemühen will. Wenn das jedoch nicht funktionieren sollte, so hat meine alte Freundin, die, die mich verraten hat, sich bereit erklärt, dass ich bei ihr einziehen darf. Wenn ich wirklich zu ihr zurückkehren sollte, so weiß ich nach den drei Jahren nicht, wie das funktionieren soll. Jetzt, ohne Drogen und Kriminalität. Auch habe ich inzwischen im Gefängnis einen Beruf erlernen dürfen, den ich in Freiheit ausüben möchte. Auch hier war mir das Gefängnis behilflich, indem es mich bei meiner Entlassung zu einer Firma vermittelt hat.

Was mir jedoch Sorgen macht ist, dass ich beim BKA noch immer als Islamist gemeldet bin. Wobei ich ja mit diesem Thema abgeschlossen habe. Aber von wo sollen die das denn wissen?

Ich würde auch gerne wissen, was aus meinem Freund Tarek, dem Dschihadisten, geworden ist. Ist er überhaupt noch im Lande oder kämpft er bereits in Syrien? Lebt er noch oder ist er bereits gestorben? Wie geht es dem Rapper Diso Doc? Ist er von den Amis bei einem Einsatz zu Tode gekommen, wie ich aus den Nachrichten im Fernseher erfahren habe?

Ich kann Ihnen leider nicht sagen, was mit meinen Freunden passiert ist, die mit mir sich in der Dschihadistenszene getummelt hatten. Sind sie auch in Syrien und kämpfen für den Islamischen Staat? Keine Ahnung. Vielleicht sind sie ja auch schon tot.

Ich weiß es leider nicht, Allah weiß es.

**Bereits erschienene Knastgeschichten:**

1. „Gefühle sterben nicht"
von SakuYa

2. „Ein roher Diamant"
von Moi BoY

3. „Mein Freund, der Dschihadist"
von Furkan

4. „Rapper MO 65"
von Winterstein (in Arbeit)